AF355978

APOLLON
ET
CORONIS,

SECONDE ENTRÉE

DES AMOURS DES DIEUX,

REMISE EN MUSIQUE,

ET REPRÉSENTÉE

POUR LA PREMIERE FOIS,

PAR L'ACADÉMIE-ROYALE

DE MUSIQUE,

Le Jeudi 3 Mai 1781.

PRIX XII SOLS.

AUX DÉPENS DE L'ACADEMIE.

De l'Imprimerie de P. DE LORMEL, Imprimeur de ladite Académie, rue du Foin Saint-Jacques, à l'Image Sainte Genevieve.

On trouvera des Exemplaires du Poëme à la Salle de l'Opéra.

M. DCC. LXXXI.

AVEC APPROBATION ET PRIVILEGE DU ROI.

Les Paroles de FUSELIER.

La Musique de M. RAY, Maître de Musique de la Chambre du Roi, & de l'Académie-Royale de Musique ; & de M. RAY, ordinaire de la Musique du Roi.

ACTEURS ET ACTRICES

CHANTANS DANS LES CHŒURS.

Côté de la Reine.		Côté du Roi.	
Mesdemoiselles.	*Messieurs.*	*Mesdemoiselles.*	*Messieurs.*
Thaunat.	Candeille.	Dubuisson.	Peré.
d'Hauterive.	Larlat.	Girardin, l.	Le Grand.
des Rosières.	Capoi.	Rosalie.	Poussez.
Veron.	Rey.	Garrus.	Tourillon,
Dumoutier.	Degental.	Rouxelin.	Haran.
Gavaudan. c.	Méon.	Sanctus.	Le Vasseur.
Eugenie.	Baillon.	Prieur.	Cavailhés.
Josephine.	Tacusset.	Charmoy.	Moulin.
La Maniere.	Cleret.	Des Lions.	Itasse.
Fel.	de Lori.	Leclerc.	Jalaguier.
De Raix.	Fagnan.	Le Bœuf.	Huet.
	Joinville.	Desportes.	Bouvard.
	Martin.		Jouve.
			Blery.

PERSONNAGES.

APOLLON, *en Berger*, M. Le Gros.
CORONIS, *Amante d'*IPHIS,
  *aimé d'*APOLLON, Mlle. Laguerre.
IPHIS, *Berger, Amant de*
  CORONIS, M. Laïs.
ISMENE, *Bergere, Amie de*
  CORONIS, Mlle. Gavaudan.
MERCURE, M. Chéron.
UNE BERGERE, Mlle. Audinot.
BERGERS & BERGERES.

La Scene est dans un Hameau de la Thessalie.

PERSONNAGES DANSANTS.

BERGERS & BERGERES.

M. FAVRE, Mlle. DORLAY.
Mlle. DELIGNI, Mlle. DORIVAL.
M^{rs}. Barré, Guillet, c. Giguet, Dussel, Beaupré,
  Blanche, Henry, Doucet.
Mlles. La Croix, Camille, Thiste, Vilette, Simon,
  St.-Opportune, Deperesse, Delisle.

APOLLON

APOLLON et CORONIS.

Le Théâtre repréſente un Hameau de la Theſſalie.

SCENE PREMIERE.

CORONIS, ISMENE,

ISMENE.

POur vous quelle gloire nouvelle !
Aimable Coronis, quoi, ce berger fidele,
  Qui ſur vos pas ſoupire nuit & jour,
C'eſt Apollon ?

CORONIS.

    Banni par le Dieu du tonnerre,
  Le plus beau climat de la terre
Le dédommage ici du céleſte ſéjour.

A

ISMENE.

Pourquoi dérobés-vous ce trïomphe à l'Amour ?

Non, je ne connois que vos charmes
Qui puiſſent effacer le ſouvenir des Cieux.

Vous contraignés les Dieux
A vous rendre les armes :

Non, je ne connois que vos charmes
Qui puiſſent effacer le ſouvenir des Cieux.
Vous ne m'écoutés pas...

CORONIS.

Veux-tu te faire entendre ?
Ne me parles plus que d'Iphis.

ISMENE.

D'Iphis ! que dites-vous, & qu'allés-vous m'ap-
prendre ?

CORONIS.

Un ſecret, que mes yeux devroient t'avoir appris.

Un feu nouveau me dévore ;
Rien n'égale ſa douceur :
Sans cette aimable ardeur,
J'ignorerois encore
Les plus charmants plaiſirs que peut goûter un cœur.

ISMENE.

Quoi, vous changés !

CORONIS.

L'Amour me le pardonne.
J'aime Iphis, ce jeune étranger.

ISMENE.

Coronis abandonne
Un Dieu pour un berger !

CORONIS.

Tu n'as jamais aimé, si mon aveu t'étonne.

CORONIS.

Comment défendrés-vous votre légéreté ?
Le rang d'Appollon vous accuse.

CORONIS.

Apollon lui-même m'excuse,
Lorsqu'il m'instruit de sa divinité.

Le fils de Jupiter, le Dieu qui nous éclaire
Par l'Himen près de moi, ne peut être arrêté,
C'est un crime pour lui que d'avoir sçu me plaire ;

Gardons-nous de former des vœux
Que suit une honte certaine :
Amour, on doit briser ta plus aimable chaîne,
Quand l'Himen ne doit pas en resserrer les nœuds.

Aij

ISMENE.

Près d'un amant, que votre cœur offenfe,
Votre légéreté voudroit changer de nom ;
Et vous prêtés à l'inconftance
Le langage de la raifon.
Mais Iphis doit trembler du deftin d'Apollon.

CORONIS.

Je lui cache le fort de ma premiere flâme...

ISMENE.

Et vous le trahiffés par ce déguifement...

CORONIS.

Ce n'eft pas trahir un amant
Que d'épargner des foins & du trouble à fon âme.

ISMENE.

Ne prévoyés-vous pas cent périls en ce jour ?

CORONIS.

Le bandeau de l'Amour
Laiffe voir fes plaifirs & nous cache fes peines.

Dans un cœur trop fenfible, enchanté de fes chaînes,
La raifon n'a point de retour.
Le bandeau de l'Amour
Laiffe voir fes plaifirs & nous cache fes peines.

On vient. C'eft Apollon : déguifons mon ardeur.
Quel trifte moment pour mon cœur !

SCENE II.

APOLLON, CORONIS.

APOLLON.

JE ne m'occupe plus que de mon feu fincere :
Charmante Coronis, le bonheur de vous plaire
    Du Souverain maître des dieux
    M'a fait oublier la colere :
    En vain il m'a banni des Cieux ;
    Je les retrouve dans vos yeux.

Vous connoiffés enfin l'amant qui vous engage...

CORONIS.

Peut-être avés-vous cru par un brillant hommage
Flater un jeune cœur, animer fes defirs.
    Et que j'aimerois davantage
Quand je faurois qu'un Dieu m'adreffoit fes foupirs.

APOLLON.

Je vous ai fait l'aveu de ma grandeur fuprême ;
Pouvois-je vous cacher le fort de votre amant !
    Le plus leger déguifement
    Devient un crime, quand on aime.

Depuis, qu'inconnu fur ces bords,
Je prends foin des troupeaux d'Admete,
Vous daignés de ma flâme approuver les tranfports.
Quelle félicité parfaite !
Le fort m'a fait berger pour combler mes defirs :
Qu'en reftant dans les Cieux je perdois de plaifirs !

CORONIS.

Quelque foit l'excès de fa flâme,
Un Dieu n'a pas long-tems les tranfports d'un berger:
Et, lorfque la grandeur lui parle de changer,
L'amour fort bien-tôt de fon âme.

Quelque foit l'excès de fa flâme,
Un Dieu n'a pas long-tems les tranfports d'un berger.

APOLLON.

Connoiffés mieux & mon cœur & vos charmes ;
Non, il ne font pas faits pour l'infidélité.
Ma conftance & votre beauté
Condamnent vos allarmes.

Connoiffés mieux & mon cœur & vos charmes ;
Non, il ne font pas fait pour l'infidélité.

(MERCURE *defcend des Cieux.*)

CORONIS.

Quel Dieu du haut des Cieux defcend dans nos
  boccages ?

APOLLON.

C'eft Mercure. Sous ces ombrages
Quel deffein l'amene aujourd'hui !

CORONIS.

Il paroît vous chercher : je vous laiffe avec lui.

SCENE III.

MERCURE, APOLLON.

MERCURE.

Jupiter veut enfin oublier votre offenfe :
Il répond aux defirs de cent climats divers ;
Il vous rappelle : il faut jouir de fa clémence ;
Quittés la terre, allés, les Cieux vous font ouverts.
Sur votre char brillant, volés, rendés au monde
    Le Dieu qui doit feul l'éclairer ;
L'Olympe vous attend, partés fans différer,
Rendés à l'univers votre clarté féconde ;

Pour embellir les Cieux, la Terre & l'Onde
    Il fuffira de vous montrer.

APOLLON.

Mercure, je rends grace au zele
Qu'aujourd'hui vous me faites voir
Allés, je fuivrai mon devoir :
Apollon doit partir, quand Jupiter l'appelle.

(MERCURE fort.)

SCENE

SCENE IV.

APOLLON, *seul.*

(On entend le prélude d'une Fête champêtre.)

Quels font ici les jeux que j'entends célébrer?..
Mais cherchons Coronis ; allons lui déclarer
  Que Jupiter excufe mon offenfe...
  Ah! Dieu cruël, que je hais ta clémence !
Elle va m'éloigner de l'objet de mes feux,
Et retarder le prix de ma perfévérance.
M'accorder un pardon fi contraire à mes vœux,
Ce n'eft pas appaifer ton courroux rigoureux,
C'eft redoubler encor ta fatale vengeance.

SCENE V.

IPHIS, BERGERS ET BERGERES.

IPHIS.

CHantés, bergers chantés ; réveillés-vous échos ;
Répondés à nos voix, imités nos mufettes :
Que notre fort eft doux dans ces belles retraites !
L'amour même jamais n'en trouble le repos.

Le CHŒUR.

Chantons ; réveillés-vous, échos, *&c.*

(*On danfe.*)

LA BERGERE.

Dans nos champs s'il coûle des larmes,
Des ingrats
Ne nous les arrachent pas.
Nous pouvons aimer fans allarmes ;
Ici tous les cœurs
Ne font jamais vains ni trompeurs :
La Bergere ignore fes charmes,
Et l'art de changer
N'eft pas fu du Berger.

(*On danfe.*)

SCENE VI.

CORONIS, IPHIS, ISMENE, BERGERS.

*CORONIS, au fond du Théâtre, à part
à* ISMENE.

APollon quitte enfin ces lieux ;
Rien ne m'allarme plus, j'ai reçu ses adieux...

(*Elle apperçoit* IPHIS *& les* BERGERS.)

Mais, c'est vous, cher Iphis ! Quelle fête galante ?

IPHIS.

C'est ma félicité que sur ces bords on chante.

A l'auteur de vos jours je viens d'ouvrir mon cœur.
Conduit par l'espérance, inspiré par ma flâme,
Mes respects, mes soupirs ont attendri son âme ;
Il veut que votre main couronne mon ardeur.

Que ce jour a pour moi de charmes !
L'Himen me donne enfin ce que me doit l'Amour :
Et le bien le plus doux, accordé sans retour,
Va payer mes tendres allarmes :
Que ce jour a pour moi de charmes !
L'Himen me donne enfin ce que me doit l'Amour.

CORONIS & IPHIS.

Amour, rendés toujours aimables
Des nœuds que l'Himen rend durables ;
Ne nous quittés jamais,
Nos tendres cœurs méritent vos bienfaits.

CORONIS, aux Bergers.

Recommencés vos jeux sous ce paisible ombrage.

(*On danse.*)

IPHIS.

Que tout ici retentisse
Des appas de Coronis.

CORONIS.

Que tout applaudisse
A l'amour d'Iphis.

ENSEMBLE, avec le Chœur.

Que tout retentisse
Des appas de Coronis :
Que tout applaudisse
A l'amour d'Iphis :
Que leurs noms, que leurs cœurs soient à jamais unis.

SCENE VII.

APOLLON, CORONIS, ISMENE, IPHIS,
BERGERS.

APOLLON, à part, au fond du Théâtre.

PRêt à monter aux Cieux, quels chants viens-je
d'entendre ?
A ce funefte outrage aurois-je dû m'attendre !
La perfide ! *
(* *APOLLON avance & veut frapper CORONIS de
fon Javelot ; il eft retenue par IPHIS.*)

IPHIS, à APOLLON.

Arrêtés, Berger trop inhumain.

*CORONIS, à IPHIS, fe mettant entre lui &
APOLLON.*

C'eft un Dieu, fauvés-vous, votre courage eft vain ;
Sauvés-vous, cher Iphis. . . .
(*Les* CHŒURS *fe retirent avec effroi.*)

APOLLON.

L'ingrate !. . . l'infidele !. . . .
Lorfqu'elle doit trembler, lorfqu'elle eft criminelle,
Elle ne craint que le trépas
D'un mortel téméraire, auffi coupable qu'elle. . .

(CORONIS *entraîne* IPHIS *dans la coulisse, où*
APOLLON *lance son Javelot.*)

Ah ! sa terreur me montre où doit frapper mon bras...
Meurs, indigne rival !...

C H Œ U R, *derriere le théâtre.*

O disgrace cruëlle !

A P O L L O N.

Enfin je suis vengé de l'audace d'Iphis !

C H Œ U R, *derriere le théâtre.*

Hélas ! le même trait a frappé Coronis !
L'amour les unissoit, le trépas les rassemble ;
Ils expirent ensemble !

A P O L L O N.

Le Destin m'a donc mieux servi que ma fureur :
Je me suis, d'un seul coup, immolé deux victimes.

C H Œ U R, *derriere le Théâtre.*

Quel spectacle affreux ! quelle horreur !

A P O L L O N.

Bergers, qui n'estimés qu'une sincere ardeur,
Devés-vous les pleurer, vous, qui savés leurs crimes?

C H Œ U R, *derriere le Théâtre.*

Portons ces deux amants dans le même tombeau :
Que l'Amour avec eux enferme son flambeau.

SCÈNE VIII.

APOLLON, seul.

JE frémis... leurs regrèts , malgré-moi, m'at-
tendriffent :
De funeftes remords me frappent. ... me faifif-
fent....
Quai-je fait ! Coronis... quoi, ma barbare main
A donc lancé le trait qui vous perce le fein ?
O Ciel ! vous defcendés fur les rivages fombres...
Et mon rival vous fuit dans l'empire des Ombres...
Coronis, vous mourés !.. O deftin trop cruël !..
Coronis vous mourés... & je fuis immortel !

Forcé de vivre, hélas ! par une loi fuprême ,
   Que rien ne peut changer,
   Quel défefpoir extrême !
C'eft par moi que je perds le cher objet que j'aime ;
J'ai pu caufer fa mort, je ne puis la venger !
Que l'Univers entier reffente mes allarmes :
  On ne fauroit trop répandre de larmes

Pour le fang que ma rage a verfé dans ce jour...
Ah ! cachons mes fureurs dans une nuit profonde,
Et cèffons d'éclairer le Monde ,
Puifque je n'y vois plus l'objet de mon amour.

F I N.

A P P R O B A T I O N.

J'AI lu par Ordre de Monfeigneur le Garde des Sceaux, une réimpreffion de l'Acte d'*APPOLLON & CORONIS*, & je n'y ai rien trouvé qui m'ait paru devoir en empêcher l'impreffion.

A Paris , ce 2 Mai 1781.

BRET.

www.ingramcontent.com/pod-product-compliance
Lightning Source LLC
LaVergne TN
LVHW012131170726
843501LV00008BC/3127